穿越時空

蔚藍色的心形鏈墜

2

君比 著

山邊出版社有限公司

目錄

序一

首先，我衷心感謝君比老師給我一個珍貴的機會來替她的新書寫序言。我和君比老師是在校內中文小說寫作班中認識的，在課堂上，我才知道君比老師是一位著名的小說家，令我對她的作品產生很大的興趣，於是到書店買了一本《穿越時空1》，當我開始看第一集時，我就被那些科幻情節所吸引。

我很喜愛看這個《穿越時空系列》，因為這套小說系列的情節既科幻離奇又扣人心弦，常常令我一再回味。我最喜歡的角色是鍾銘銘，因為在危急關頭他總會有方法解決難題！而我最喜愛鍾銘銘等人一同把困難解決的過程，令我學到團隊合作精神和在遇到危險時要保持冷靜的重要性。

回顧上集，陳章平為了救陳子榮而遇溺。最後，陳章平雖然被救回，但他的「寶貝」——微粒偵測器卻掉進水中，不知所終。在這集，安琪將會下水找回偵測器。到底安琪能否找回微粒偵測器呢？敬請留意《穿越時空2》！

最後，我再次衷心感謝君比老師給我機會替她寫序言。

保良局香港道教聯合會
圓玄小學
五年級學生
李穎言

序二

非常幸運我就讀的學校邀請了君比老師來教我們中文寫作，當我知道學校有此安排後立即報名參加活動，因為君比老師一向是我最喜愛的作家。她的作品有的寫實，如《成長路上系列》；有的充滿創意，如《漫畫少女偵探系列》。無論是那個系列，君比老師所寫的小說情節都引人入勝，總令我愛不釋手。我十分感謝君比老師能給我替她新書寫序這難能可貴的機會。

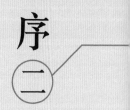

《穿越時空2》這本小說有很多有趣和令人意想不到的內容。當你翻閱這本書時，你會想知道微粒偵測器能否被尋回？安琪的項鏈是由哪兒來的？主角們能否為幸福花找回射手？

最吸引我的情節是主角們遇上了一個如鬼魅般的「紅髮女孩」，她時而看得見，時而看不見。究竟她是誰？她遇着怎麼樣的困境？主角們和這「紅髮女孩」有什麼經歷？

就讓讀者們一起尋找答案吧！

保良局香港道教聯合會
圓玄小學
五年級學生
劉康婷

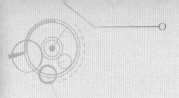

周浚堤
熱愛歌劇，有「小小巴伐洛堤」的稱號，是「華安科技創意有限公司」的音樂部主管。
朱仁
「華安科技創意有限公司」的副主席，父母是中學教師，弟妹是資優生，自己的學業成績卻平平無奇。

人物介紹

鍾銘銘
從小就「異於常孩」，
不愛玩玩具、打機，
愛閱讀、思考。六歲
創立「華安科技創意
限公司」並成為主席，
夢想研製出一部時空
梭機。

前文提要

勇闖第五度空間的鍾銘銘、朱仁、周浚堤，在協助允俊醫生一家逃亡後，便到皇族山教堂與陳章平會合，準備返回自己的時空。可是，為尋找「消失的微粒」而到第五度空間來的陳章平，竟再次被士兵抓住！幸得銘銘他們的幫助，陳章平得以逃脱，也成功收集了微粒。

當他們到達時空穿梭機停泊處時，原以為已和允俊醫生離開了的安琪竟突然出現，並誓要跟隨到他們的時空去。銘銘他們跟着陳章平回到香港時才發現，他們其實應該要到二〇二二年去，取回丁先生的時空

穿梭機。而陳章平的兒子陳子榮，竟因他父親沒有把發明了時空穿梭機一事告知他，一氣之下拿走了微粒偵測器，並意外地連人帶機掉進水裏去……

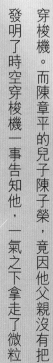

一　天大的難題

「小朋友，你倆跟我一同到醫院吧！我們要把他帶回醫院做詳細檢查及驗傷。」救護員跟我說道。

「謝謝你們！」我代陳子榮向救護員表達謝意。

救護員把陳章平叔叔放上擔架牀，正要搬上救護車的時候，我突然醒起那微粒偵測器。

偵測器剛才也掉進水裏了！我該怎樣把它打撈上來？掉進水裏的偵測器會否失效呢？偵測器裏的微粒會否因滲水而流了出來？陳章平叔叔的心血會否因而完全報銷？

「救護員叔叔，請問你們會把傷者送往哪一所醫院呀？」我問道。

「張瑞泉紀念醫院，是距離這兒最近的一間。」

「陳子榮，你陪伴你爸爸去醫院吧。」我跟陳子榮道。

「你呢？你不陪我一起去嗎？」他緊張地問我道。

「你是他的獨子，我還是給你們一個機會，培養感情吧！況且，陳叔叔剛才已把灌進的水吐了出來，他應該沒有大礙，我不擔心他，反而擔心他非常着緊的那個寶貝呢！」我言外有意地道。

「我明白了。」陳子榮一臉歉疚地道：「都是我不好，把微粒偵測器帶了出來。但，剛才我並非故意把它掉進水裏的，我只是一時不小心而已！」

「不用擔心！沒有人怪責你。」我重申道。

「鍾銘銘，那麼，爸爸的寶貝就拜託你了！」

「沒問題！」在救護車的車門關上之前，我給陳子榮作了這個承諾，並把這個天大的難題雙手接上。

*　*　*

「銘銘，我們無功而返。你呢？找到陳子榮沒有？」

踏進陳章平叔叔的家，才知道原來朱仁和浚堤都回去了。

「我找到他了，他安然無恙。不過，不諳水性的陳叔叔掉進水裏，現在被送了進醫院去治療。」我回道：「另外想問問你們意見。微粒偵測器掉進水裏了，有什麼方法建議我去把它打撈起來？」

「掉進水裏了？怎麼會這樣？」朱仁不解，問道。

「陳子榮靜靜溜走時，把偵測器也帶走了。剛才他不小心由海心公園的涼亭掉進湖水裏，偵測器也一同掉進去了，陳叔叔跳進水去救陳子榮。他們人雖然被救回，但偵測器就留待我們去救了。」

「在湖底找尋偵測器，這任務是否該由潛水員去做呢？」浚堤反問。

「又或者，我們再坐時空穿梭機回到昨天，一切由零開始，以確保陳子榮不能把微粒偵測器帶走。」朱仁提議道。

「不用事事都要乘時空穿梭機回到過去吧?!你們太過依賴科技產品了！」安琪搖搖頭，歎道。

「若不，你有什麼更好的建議呢？」朱仁問。

「你們有所不知，我潛水很棒的！」安琪微微笑道。「若果你們要潛水員幫忙，我可以代勞。」

「但在海心公園對出的湖裏找那麼細小的一個偵測器，簡直是海底撈針！安琪，你潛三日三夜都未必可以找到！」

二　在水裏已遭遇意外？

「安琪已下水多久呢？」浚堤問道。

「已經超過十五分鐘了！」我看着腕錶，急得如熱鍋上的螞蟻。「一般人在水中憋氣最多只能支撐三、四分鐘，世界紀錄保持者是個成年人，紀錄為二十二分二十二秒。難道……難道安琪是異於常人？抑或……她在水裏已遭遇意外？」

「鍾銘銘，你説的話令人打冷顫！可否説些比較正面的話呢？」朱仁怨道。

「難道你想我説，她正在水底尋找微粒偵測器，並想順便打破水中憋氣的世界紀錄？」我沒好氣地道。

「有這個可能呢！」浚堤也説道。

真令人不可置信，原來只有我一個在擔心安琪的安危。

「安琪上水了！」朱仁雀躍地指着從水面中升起的一個人，叫道。

我大大鬆了一口氣，馬上拿着毛巾跑上前。在我把毛巾遞給安琪之前，她已把微粒偵測器舉起。

「我成功了！」

這樣艱巨的任務，她居然只是靠着一個普通的泳鏡和潛

水手電筒就可以完成？我不得不甘拜下風。

「這個湖的水並不算深，也不算混濁，所以，搜索的難度並不高。」安琪把偵測器交給我，接過毛巾，開始擦頭髮。

「你潛進水裏十多分鐘，沒事吧？」我湊近她，關切地問道。

「我當然沒事！我早告訴過你，我是潛水高手，根本無需要擔心我。」安琪回道，「你還不快點檢查一下這個偵測器，看看有沒有損毀？」

經她提醒，我才記得要仔細看看這偵測器。

表面上，偵測器只是纏滿海草和污泥，似乎沒有什麼損毀，連撞凹或者一條微小的裂縫也沒有。

我馬上清理髒物，開着了能源掣，偵測器的小熒幕便閃動了。我緊張的看着熒幕上顯示的微粒百分比，和先前顯示的九個百分比一樣！那即是，之前收集的微粒仍然保存得很好。

「根據我的目測，偵測器似乎沒有大礙。」我下了這個結論。

「我相信一定是陳叔叔在偵測器上安裝了防震功能，並且用最堅固的物料製造！」朱仁笑道。

「應該是了。」我道：「我們現在一起到醫院去，把微粒偵測器交回給陳叔叔。我相信他一直在擔心他的心血結晶。而且我們也要向陳叔叔徵用他的時空穿梭機，回到二〇二二年。我們把丁先生的時空穿梭機停泊在那一年，已經很久了，我希望快一點物歸原主。」

「陳叔叔要跟我們同行才可以，若不，他的時空穿梭機由誰駕駛回來呢？」浚堤問道。

「但他剛剛被送往醫院，起碼要休息好幾天才可以恢復元氣，和我們一起再經歷時光旅程。」我有些擔心，「那即是，我們要在這兒多待幾天。」

「你們認為，他可以替代陳叔叔的位置，駕駛時空穿梭機嗎？」朱仁皺起眉頭問道。

「你口中的他是誰呀？」淩堤問。

「我知道你指的是誰，我也認為他確實有這個能力！」我微笑道：「他應該是最適當的人選。」

「你們說的他，究竟是誰呀？」淩堤對我們提及的人物依然毫無頭緒。

「連我都猜到了，你竟然還要問？」差不多把頭髮擦乾的安琪也笑道。

「連安琪你也猜到？」淩堤驚愕。

「最佳的時空穿梭機駕駛員，除了設計師陳章平叔叔之外，應該就是他的兒子——陳子棨了！」安琪理所當然地回道。

三　又是這個敏感的問題

「陳章平叔叔被送往哪所醫院呢？」我們走出海心公園時，浚堤問道。

「張瑞泉紀念醫院。」我回道。

「我們怎樣去呢？大家身上的餘錢已經不多了。」朱仁問道。

「不如讓我們走路去——」

話剛開口，突然有一部私家車停在我們面前，車門打開，走出一名三十餘歲左右的男子。

「我是否曾經見過你們仨呢？」男子盯着我們，奇怪地問道。

「你……你是社工Michael叔叔，是嗎？」

我當然認得他。對我們來說，其實是不久前才見過他。他和我們極之有緣份，我們在過去兩個不同的時空，都曾經與他相遇。第一次見他是二〇〇一年，第二次見他就是在二〇二二年的時空。兩次相遇，他都鼎力相助，好讓我們順利到達目的地或是逃過險境。

「我也記得你，Michael叔叔，你是當社工的，對嗎？當晚，我們深夜時在街上遇見你，你很慷慨地載我們一程，送我們去我們出世的那所醫院。」朱仁看見他，興奮之情溢於臉上。

「Michael叔叔，上次你載着我們逃出警局，但就遇上交通意外，你還——」

我趕忙捂着浚堤的口，制止他說下去。浚堤該是一時口快，說了在二〇二二年時空發生的事，忘記了我們現在正在二〇一三年的時空，Michael叔叔又怎會知道，他在二〇二二年和我們的相遇呢？

「遇上交通意外？怎會呢？我駕駛這麼多年，從沒有遇上任何意外啊！」Michael奇怪地反問。

「他記錯了！對不起！他之前打籃球時撞傷了頭，所以記憶有點混亂。」我牽強地笑笑，企圖蒙混過去。

「哦，原來是這樣，那麼你以後要小心一點。」Michael大力點了點頭，頓了一頓，又道：「今天我放假，你們有什麼要我幫忙，儘管開聲，不用客氣。」

Michael叔叔仍然是這樣樂於助人。

* * *

「你們今天又去醫院？」聽到我說目的地，Michael叔叔呆了一呆，道。「我記得上次又是送你們去醫院。」

「就是這麼巧了！我們今天又是要去醫院探望朋友。」麻煩了Michael叔叔這麼多次，我自己也覺得不好意思。

「上次我只是碰見你們三人，沒有見過妹妹呢！你叫什麼名字呀？」Michael叔叔望着車中央的倒後鏡，問安琪道。

「你好！我叫安琪。」她笑着道。

「安琪，你戴着的項鏈很漂亮哦！」Michael道。

「謝謝你！」

安琪帶的項鏈？我跟她相處這麼多天，都沒有察覺到她有佩戴項鏈呢！

我不禁轉頭看看坐在窗旁的安琪。我和她之間隔着胖胖的浚堤，在我這角度根本看不到她有否佩戴項鏈。

「安琪，你的項鏈真的很獨特，是否家人送贈的？」Michael再問道。

「我是孤兒，並沒有家人。」安琪非常坦白地回道。「這條項鏈並非什麼人送贈，而是我幸運地拾到的。」

「是嗎？那鏈墜是否大理石製的，我從未見過呢！」

「我不清楚喎！總之，我覺得它很漂亮，一見到便深深愛上它，馬上戴上了。」安琪回答道。

「安琪，你究竟是在什麼地方拾到這項鏈的？」浚堤忍不住問道。「若果你是昨天在港鐵站裏拾到，或許要交回港鐵站，他們有個遺物認領處。」

「應該是失物認領處！人家死了才有遺物！」朱仁按捺不住更正他。

「人家遺下的物品不可以叫遺物嗎？待我回到學校一定要問問老師……」浚堤不服氣地辯道。

「安琪，請問你可否把項鏈脫下來給我看看呢？」不知怎的，我就是有些不放心，要看看安琪究竟拾了一條怎樣的項鏈。

「一會兒到醫院我才給你看吧。」安琪回道。

轉上了大街後，道路開始擠塞。

「銘銘，我想搞清楚，我其實是哪個時候跟你們認識的呢？」Michael叔叔雙手擱在軚盤上，突然提出這個問題。「我總是覺得，我是許多年前見過你們，但事隔多年，你們的外貌好像沒有太多改變呢！所以，我很想知道，我是在哪一年遇上你們的。」

又是年份這個「敏感」的問題，教我們如何解答呢？

「總之是很久很久之前，我們也忘記了什麼年份。」朱仁笑嘻嘻說道。

「不要緊！我們到醫院了！」Michael叔叔回道。

他把車子在醫院的入口旁邊停了下來。

「好了，我們又要說再見啦！你們進去，辦你們的事吧！有緣的話，下次再見。希望不是又要送你們去醫院。」Michael跟我們道別。

四　蔚藍色的心形鏈墜

我們在詢問處查到，經救護車接載來醫院的陳章平叔叔，現正在七樓病房。

在電梯大堂等候電梯時，我終於看見了安琪戴着的項鏈。

那是一個設計獨特的蔚藍色心形鏈墜，差不多有我一隻大拇指般長，上面有大理石的圖案，看似是一個相片盒，右邊有一個小小的扣，就是這個扣，我幾乎可以肯定，心形鏈墜裏面一定有相片，相中人便是擁有這條項鏈的人。

「安琪，你究竟是在什麼地方拾到這條項鏈的？」我凝視着她的項鏈，問道。

「我由小至大都未試過擁有一條項鏈，這條項鏈居然給我拾到，我就一定要據為己有！」安琪固執地道。

「安琪，我並非要你把項鏈馬上交出，我只是好奇你究竟在什麼地方拾到它！」我道。

「好啦好啦！我告訴你吧！我是在剛才我潛進的那個湖底找到的！」安琪急速地回道。

「在湖底找到？」我不可置信的緊盯着項鏈，反問道：「但是，項鏈完全沒有生鏽或任何損毀，簡直像是新的一樣，怎有可能是在湖底給你找到呢？難道它是剛剛今早才掉進湖底裏？」

「鍾銘銘，你這樣說是什麼意思？你是否暗示我在說謊?!」安琪漲紅了臉，兩眼要噴火似的問我道。

「不不不！我不是這個意思！我只是想當然罷了！物件跌進水裏一段日子，通常都會纏着海草或其他東西。其實，那鏈墜應該可以打開，或許，項鏈的主人會把相片放在——」

「算了！銘銘，你不要再說了！」朱仁掩着我的嘴，道：「安琪就快要打人了！」

我連忙道：「算了！你就當我沒有問過這問題吧。」

電梯把我們帶到七樓，陳章平叔叔的病房就在走廊最尾的一間。

「陳叔叔，你怎樣了？」

陳章平叔叔躺在牀上，見到我們，微微一笑，道：「飲了幾口鹹水，其實沒有大礙，不過，醫生剛才替我檢查，說我手腳有點割傷，可能是撞到石頭或樹枝等硬物，建議我留院觀察一段時期——」

「陳叔叔，你不用坐起來了！就繼續在牀上休息吧。」我馬上把微粒偵測器放到他牀邊，道：「我們特別帶了這個來還給你，好讓你在病牀上也可以安心休養。」

「你們竟然找到它？它……跌進水裏了，你們也有本事可以把它救回?!真是衷心感激你們！」陳叔叔激動得眼有淚光，可想而知他有多醉心自己的研究。

「今次全賴安琪！若不是她潛進水裏，我們也沒有什麼方法可以救回微粒偵測器！」我不忘把功勞全歸於安琪。

「不用客氣！」安琪回復笑臉，瞇着眼睛道：「幸好鍾銘銘懂得檢查偵測器，知道它沒有任何損毀，裏面的微粒完好無缺！」

「那實在太好了！連上天也幫忙我的研究！」陳章平高興得把偵測器放近嘴邊吻了一下。

「陳叔叔，偵測器只是用水清潔過，並沒有消毒過，不要貼近嘴邊啊！」我急忙道。

「我沒有事，不用擔心！」他回道。

「咦？你們到來了！」陳子棨拿着水杯走進病房來。

「其實我們的到來，有兩個目的。一、是把微粒偵測器歸還給陳叔叔；二、就是請求你們幫忙。」我代表大家提出這個請求。

「鍾銘銘，你們已經幫了我一個大忙，你們有什麼請求儘管講，我們一定拔刀相助！」陳叔叔道。

太好了！那我可以安心提出請求。

「陳叔叔，我們想借用你的時空穿梭機。」我鼓起勇氣跟他說道。

「我早知道你們有這要求的了。我很明白，因為你們並不屬於這個時空。」陳叔叔非常諒解。

「我們還有另一請求！」朱仁道。

「儘管說吧！」陳叔叔又道。

「陳叔叔，你剛進院，我們不敢麻煩你。但我們想借陳子榮一用。」我大膽地道。

「我們希望陳子榮和我們一同前往。我們要取回自己的時空穿梭機，而陳子榮就可以把你的穿梭機駕駛回來。陳子棨都是很有科學頭腦的人，我相信他有能力獨自駕駛陳叔叔的時空穿梭機，平安歸來。」

「不！我不能夠呀！你們……你們太高估我的能力了！我沒可能獨自駕駛時空穿梭機，絕對沒可能！」陳子棨馬上否定了我這個建議。

「子棨！你不用那麼緊張，我的時空穿梭機其實操作非常簡單，一教便會，就算你這小孩子都有能力駕駛，比駕駛汽車容易得多。」陳叔叔嘗試說服他。

「不！總之是絕對沒可能！你們不用多說了！」陳子棨一個轉身跑了出病房。

五　你是最佳人選

「陳子榮，不要走呀！」我尾隨着他，喊道：「你知我不是短跑高手，我一定追不上你的！但我懇求你停下來，聽完我的一番話，才決定怎樣做！」

有護士從病房走出來，陳子榮馬上停下腳步，幸好沒有撞到護士身上去。

「你倆不要再在醫院走廊嬉戲奔跑了！你們的家長在哪兒？」護士兇兇地盯着我們問。

「對不起……我們的家長都在病牀上……我們……會守紀律的了！」我上氣不接下氣地向她致歉。

護士走開後，我才拉着陳子榮慢慢往回走。

「陳子榮，其實你是幫助我們的最佳人選。」

「你的提議簡直是荒謬！我從沒有上過時空穿梭機，你居然要我陪伴你們回去你們的時空，還要我獨自駕駛穿梭機回來，簡直是天方夜譚！我——我只是一個小朋友！」陳子榮激動地道。

「陳子榮，你跟我們都只有十一歲。我和朱仁、浚堤是自行摸索如何駕駛時空穿梭機，去了另外一個時空。我們都可以，你應該一定行！不要忘記，你駕駛的時空穿梭機是你爸爸設計的，他一定可以向你講解清楚如何操作。」我緊握他的肩膊，續道：「你爸爸受了傷，要留院觀察，暫時未可以駕駛時空穿梭機，而你——是可以幫我們回家的最後希望了。」

「你們實在太高估我的能力了！我是沒有可能做到的，而且，我不是個勇敢的人，更不是熱心助人的人！」陳子榮冷着臉，撥開我的手，道。

「陳子榮，其實我去過二〇二二年！陳章平叔叔其實在昨晚乘搭時空穿梭機離開了，因為遇上意外，他一直逗留在另一時空。你媽媽以為他離家出走，於是帶着你改嫁。你不喜歡繼父，亦因為家庭變遷，你變了另外一個人——」

「鍾銘銘，你究竟在說什麼呀？」陳子榮一臉疑惑地問。「什麼繼父？什麼改嫁？根本沒可能發生的！」

「長話短說了，總之我們誤打誤撞去了第五度空間，拯救了被困多時的陳章平叔叔，把他帶回來了。你和你媽媽完全不知道發生過什麼事情，也不明白為何今晚陳章平叔叔回家會對你們特別熱情，因為他今晚其實是跟你們久別重逢。我們帶回你家的安琪，樣子和年紀跟林安炘幾乎一模一樣，但她其實是來自第五度空間的，所以你見她的衣着打扮並非我們這個時空、這個地方的人。你回去跟她談一兩分鐘，你自然會知道我所言屬實……」我急急的把一番可以說．小時的話，濃縮在一分鐘說完。

陳子榮站定聽完我的一番話，漸漸明白過來了。

「鍾銘銘，你覺得我真的有能力駕駛時空穿梭機？」他問道。

「我認識的陳子榮是百分百有這能力，你要對自己有信心才是！」

六　電梯裏多出的一個人

和陳子榮返回病房時，陳章平叔叔一見到他，馬上道：「子榮，不用過份緊張！如果你真的不想去，也不要緊。你們就讓我休息一會兒，我過一兩天便可以自己駕駛穿梭機——」

「爸爸，你好好休息吧！我已經答應了鍾銘銘，我會陪他們出發，送他們回去他們的時空，然後自行駕駛穿梭機回來。我想通了，既然鍾銘銘他們自行摸索都可以成功駕駛時空穿梭機，沒理由我不行吧！」陳子榮尷尬地笑笑，打斷了陳叔叔的話。

「子榮，你終於答應了？真好！真好！」陳叔叔釋懷地道。「我書房的書桌左上角第一個抽屜裏有一本時空穿梭機操作指南，是薄薄的一本書，我相信你可以看個明白。」

「不要忘記還有我們！去第五度空間時，穿梭機主要是由我們操作，我們在超級短的時間內摸索到如何操作，算是勉強掌握到最基本的操作技巧。」我道。

「那麼，事不宜遲了，我們現在去陳叔叔的家，取操作指南吧！」朱仁道。

「好的好的！不阻礙你們的時間。」陳叔叔道。「子榮，給自己多些信心！我認為你一定行的！」

* * *

在電梯大堂等候了很久，快要變化石了，電梯才到我們這一層。

電梯門緩緩開啟，排在前面的一家三口先進，排在後面的我們也走進去了。

電梯門竟然關不上。按了關門按鈕好幾次，門依然絲毫不動。

「這部電梯最多只可裝載八個人，你們其中一個要出去等下一部電梯。」一家三口的媽媽說道。

「姨姨，你是否數錯了？我們總共五個人，加上你們三個，不是剛剛好八個嗎？」浚堤問。

「你們自己有多少人都不知道嗎？一二三四五六，六個啊！」那媽媽又道。

「我們明明只有一女四男！」朱仁道。

「不是二女四男嗎？站在最前那個，染了一頭捲曲紅髮的女孩是誰呢？剛才等電梯時她一直站在你們中間，不是跟你們一起的嗎？」那媽媽又問道。

一頭捲曲紅髮的女孩？

我只覺毛骨悚然。我們當中的女孩就只有一個頭髮有少少紫藍色的安琪罷了！

「噢！她終於走出電梯了。等下一部吧！應該幾分鐘便行。」那媽媽微笑道，按了電梯的關門掣。

是嗎？有人剛走出電梯？我們完全看不到有什麼人呢！

我們壓抑着內心的恐懼，待電梯異常緩慢的到達地下。

七　對我微笑的紅髮女孩

電梯門一開，朱仁和浚堤都第一時間跑出去。

我也想拔腳而逃，但還是忍不住好奇心，要問個究竟。

我拉着那位媽媽，問到：「姨姨，恕我冒昧地問一句，剛才你見到那位紅髮的女孩子，是怎麼樣的？」

「為何你會這樣問呢？難道她不是和你們一起的？」那姨姨奇怪地反問。

「我們根本沒見過這樣的女孩子！」我老實地回道：「和我們一起的女孩子就只有那個。」

我指着安琪道。

「媽媽，你又見到那些東西了！」那姨姨的兒子皺起眉頭道。

「你們全部也見不到嗎？」她驚問。

「其實，我太太間中會見到那些靈體的，我們已經習慣了。」那姨姨的丈夫也回道。

「姨姨，你現在還見到她嗎？」我問。

「我見不到了。或許她只是碰巧經過罷了，有時有些靈體未必跟着人周圍走的。」

三口之家走遠了。

「沒事了，那姨姨說現在已見不到那個女孩，我們不用擔心！」我跟大家說道。

「快些離開醫院喇！這裏就是最多死亡事件發生的地方！」浚堤拉着我們急步走出醫院範圍。

「糟了！我們沒有錢，怎樣回去陳子榮的家呢？」

「我的口袋裏有錢。我們乘港鐵回我家吧！」陳子榮大方地道。

* * *

十二時多，並非港鐵的繁忙時間。

上了港鐵車廂後，最尾一卡只有三數乘客，我們疲累地坐在同一排，浚堤揉着肚皮，有些不好意思的問陳子榮道：「一會兒去到你的家，我們可否吃杯麪或乾糧呢？今天我們沒有吃過什麼下肚！」

「當然可以！」陳子榮大方地道。

還有兩個站我們便下車了，我有些累，於是閉目養神，但仍然不忘叮囑坐在我身旁的安琪道：「還有兩個站我們便下車了，你一定一定要跟着我們，不要隨便走開！」

「知道了。我會跟着你們。」

回答我的是一把女聲，但我肯定那不是安琪的聲音。

我馬上睜開眼睛，從對面玻璃車窗的倒影上，我驚見坐在我身邊的正是剛才姨姨所說的紅髮女孩！

「呀——」

我竟然像個女孩子般尖叫起來。

我從座位中彈起來，急急看看我的左邊，座位上根本沒有人。

「銘銘，你幹什麼呀？你嚇怕了全車乘客了！」朱仁壓低聲量問我。

「沒什麼……我只是……只是有些幻覺而已！」我哆嗦着。

「你坐下來吧！」安琪把我拉回座位。

我坐下來，從前面玻璃倒影中又見到她，她還向我揮手微笑！

八　廚房裏多出的一把聲音

慢着！為何好像只有我看到她？

安琪、朱仁等都望着前方玻璃倒影，但似乎沒有人察覺到她的存在。

人家說：時運低的人就會遇見靈體，我是否算時運低？

難道她有說話要跟我講？

「你──究竟是誰？」我鼓起最大的勇氣，以蚊子的聲音跟坐在我旁邊的她道。

「太好喇！我跟着你們這麼久，你終於看到我了。」紅髮女孩雀躍地道。

看見她微紅的臉蛋，我覺得她該是有生氣的人，驚嚇度頓時減半。我問她道：

「你究竟是人抑或是鬼？」

「你呢？你認為我是人抑或鬼？」她瞪大眼睛反問。

「不知道呀！我從來沒有見過靈體，但我的朋友全都看不見你，只有我看見你，怎會這樣的呢？難道你是選擇性讓誰人看見你？」

「你的朋友遲早也會看見我，只是你的靈性較高，所以你是第一個看見我的人。」她又道。

「你還是迴避了我的問題，你究竟是人抑或鬼？」

「我曾經是人，但現在已不是了。」她突然收斂起笑容。

「那麼，你你你即是是——鬼？」我吞了一口涎，又問。

朱仁站起來，拉拉我的肩膊，說道：「到站喇！我們要下車！」

我站起來準備下車，一轉身，紅髮女孩已不見了。

不見了更好，希望我以後也不會再見到她。

*　　*　　*

「子榮，你回來就好啦！你一早不見了人，嚇得我們半死！我和你爸爸分頭找了你好幾個小時，後來我接到醫院電話，說你爸爸掉進水裏，被送到醫院，幸好沒有生命危險。我遂回來執拾了日常用品，現在要到醫院去給你爸爸！你要和我去醫院嗎？」媽媽一疊聲的說道。

我們剛離開醫院，當然不會再回去啦！剛才發生的事太長篇了，還是留待日後陳子榮有空才向他媽媽解釋吧！

「我不去醫院了！你今天就留在醫院陪伴爸爸，不用擔心我！我自會照顧自己！你陪爸爸吃過晚飯才回來吧。」

媽媽想了想，在飯桌上放下了二百元。

「這是你午飯和晚飯的錢，你可以叫外賣。」她挽着執拾好日用品的旅行袋，走到家門前，一邊開門一邊道：「你爸爸真是奇怪，好端端一個大人，怎會跌下水？他真是一個極度麻煩的人！」

媽媽大門一關，陳子榮馬上跑到爸爸的書房，根據他的指示找出那本時空穿梭機操作指南。

「我找到了！我找到了！我現在馬上看，你們到廚房去取杯麪吧，應該至少有十杯，足夠我們吃了。」陳子榮就留在書房自行看指南。

「什麼叫做杯麪？」安琪跟着我們走進廚房，好奇地問。

我一手打開櫥櫃，在架上取了五個杯麪。

「這些就是杯麪了。我們五人，一人一個。把上面的蓋掩撕開，調味料倒進去，加上熱水，蓋上，五分鐘便可以吃。方便快捷！」我解釋道。

「你們這時空的發明很神奇哦！這些杯麪是什麼味道的？」安琪雙眼發光似的，又問。

「你看杯上的圖畫都可以分辨到吧。這個是雞肉味，這個是蟹柳味，還有海鮮味——」

「我也要吃！替我多取一個吧！」我身後一把女聲道。

那並不是安琪的聲音，而是——

我轉向後面望一望，安琪比我先叫了起來。

「嘩——你是誰?!」

九　你肯定不是人！

朱仁和浚堤聞聲也衝了進來。

「她是誰呀？」朱仁指着紅髮女孩，問我。

「朱仁，你也見到她？」我這才發現，除了我和安琪，朱仁也看到她了。

「『你也見到她？』銘銘，你為何會這樣問？你認為我們不應該看到她嗎？」

浚堤拉着我的肩膊，問。

「我其實早在乘港鐵時已看見她坐在我身邊，但當時只有我看見她，其他人完全不覺她的存在。」我回道。

「難道她也有隱形氈，可以隨時出現，隨時消失？」朱仁作了一個假設。

「我沒有什麼隱形氈。我不知道自己被困了多久，在我被放出來後，我的形體需要一段時間適應新環境，漸漸地，別人才會看到我。而你，是最先看見我的人。」紅髮女孩指着我，道。

「你——是否來自我的項鏈？」安琪走到她跟前，大膽問道。

「你猜中了！真聰明。」紅髮女孩笑道。

浚堤大張着口，驚道：「你就像是阿拉丁神燈裏的精靈嗎？」

「我不知什麼叫阿拉丁神燈！」紅髮女孩回道。「總之，我是被困在鏈墜裏良久，直至鏈墜被打開，我才回復自由。但我已不在自己的世界了，我不知道可以去哪兒，或者可以找誰，於是便只好跟着你們走，希望你們是善良的人，可以給我一點幫助。我想問問，你們究竟是在哪兒拾到這條項鏈的？」

「是我在一個湖的水底找到的。由於我是第一次擁有一條項鏈，我並沒有察覺鏈墜上有個扣。當銘銘提及時，我才知道鏈墜可以打開。我今天在往陳章平叔叔病房時，無意中打開了鏈墜的蓋，我發覺裏面根本是空空如也，但我聞到一陣清幽的香味，有點兒像我們日月島的絲帶草，而且在鏈墜裏遺留着一條紅色的頭髮，就像是你的頭髮。不過，我真不明白，你像我們一般高，究竟你是怎樣被困在這細小的鏈墜裏呢？簡直是沒有可能哦！」安琪一臉不可置信地道。

「你仍然未答我，你究竟是什麼呢？」我非常認真地問她。

「我，其實，是花仙。」紅髮女孩徐徐回道。

「你是花仙？怪不得你的裝扮就像話劇裏的一朵花！你是仙子，但為何沒有神仙棒？」淩堤實話實說道。

「什麼叫神仙棒呢？我聽也沒有聽過。」紅髮女孩搖搖頭道。

「仙子的神仙棒其實只有在童話故事的插圖才會見到，世界上根本沒有人見過仙子！」我解說道。

「仙子有沒有神仙棒，我不知道，但我倒覺她的短裙很是漂亮，

像是以真的花瓣做的，跟她的頭髮顏色很合襯。」安琪大膽的走近她，輕撫她的頭髮。「你是所有花的花仙？抑或是某種花的花仙？」

「我掌管的花叫幸福花！你們可以叫我幸福花。」幸福花微笑着自我介紹。

「原來這個世界是的確有花仙！」朱仁道：「若果我們把幸福花帶回去我們的時空，那麼，我們應該就是世界上第一個發現花仙的人了！」

「不要！千萬不要這樣！我怕她會淪為科學家的實驗品！他們或會把她解剖！」浚堤大驚，站到她面前，像要保護她似的。

「什麼叫解剖呢？」幸福花問道。

「即是將你劏開，把你的內臟逐一拆出來研究！美其名就是要查出你可以縮細變大的秘密！」浚堤回道。

十　因為我和他們的兒子相愛

「嘩！把我解剖，那麼即是要殺死我？」幸福花愀然變色。

「放心！我絕不會把你交給其他人！」淩堤向她保證道。

「那就好了，謝謝你！」

「我……整個上午都沒有吃過東西，現在餓得很厲害，可否一邊吃杯麵一邊談？」安琪有些尷尬地問道。

「好的！我們現在先醫肚吧？」我道。

「醫肚？你的肚子不舒服嗎？」幸福花問。

「我意思即是醫好自己的肚餓。」我解釋道。

安琪和幸福花看着我們像變魔術地弄好幾個杯麪，以為這便是世上最好的魔法。

「幸福花，你不是吃花粉的嗎？我們這些人類的食物，你是否可以吃？」浚堤關切地問道。

「她是花仙，不是蜜蜂蝴蝶，怎會採花蜜呢？」我沒好氣地道。

「其實我是仙子，不需要食物和水都可以生存。若果我想的話，我是可以進食的，通常我會吃一些掉在地上的花瓣。但既然我來到你們的世界，我很想試一試你們這個世界的食物。」

*　　　*　　　*

只嘗了幾口杯麪，幸福花和安琪都興奮地道：「你們這個世界的食物味道太好了！我們真想日日都可以吃杯麵！」

「杯麵其實是沒有益的食物，因為鈉含量非常高！」我道。

「什麼叫鈉含量？」幸福花問道。

「算了吧！這對她們來說太複雜了！」朱仁轉了個話題，開始問道：「幸福花，剛才你說自己是被困在鏈墜裏，究竟是誰把你困着呢？」

「是風神和電神。」幸福花回道，一邊好玩地使用膠叉吃杯麵。

「我還以為她會說是什麼魔王或巫婆！」朱仁笑道。

「什麼魔王？巫婆？我聽也沒聽過。」幸福花回道。

「你究竟為何惹怒了風神和電神？」淩堤緊張地問她。

「因為我和他們的兒子相愛囉！」幸福花長長的歎了一口氣。「風神和電神認為他們是神，而我只是花仙，地位完全不同，根本不配和他們的兒子相愛。」

「原來在你們仙界也要講求門當戶對才能相愛？」我驚訝地道。

「電神、風神及他們的兒子一直都是在天上生活，他們覺得我們在地上生活的小仙子永遠都只能和我們的同類相愛。」幸福花笑臉完全收斂了。

「我有興趣知道，電神和風神的兒子是什麼神呢？」朱仁問道。

「他們有五個兒子，其中最帥的那個兒子就是我的戀人——他叫射手，而他的確是個神射手！」

十一　一個在天一個在地

「是個神射手？」我隨口問道。「他是否十二星座的射手座？」

「咦？怎麼你會知道有關十二星座呢？」幸福花驚異地問。「在我被困在鏈墜之前，皇神曾宣布將會揀選十二位神仙負責十二個星座。電神和風神當然希望兒子可以入選，不過，我的戀人說過，入選與否，他並不在乎，他只在乎與我永遠在一起。電神和風神認為兒子只沉醉在愛情裏，會錯失被皇神揀選的機會。一天，風神騙我說要送一份禮物給我，我不知就裏，便跟隨她到海邊。就在途中，突然失去知覺，醒來後便發現自己被困，直至現在給你們救回。」

「你完全不知道自己被困了多久？」浚堤問。

「我也想知道，但實在無從得知。」

「幸福花，射手是否在天上生活呢？」朱仁問。

「是的。」

「而你就在地上生活，一個在天一個在地，我想知道你們到底如何相識，又如何墮進愛河呢？」朱仁笑起來。

「事情是這樣的：一天，射手和他的兄弟練習射箭，他的弟弟把他的箭亂寫一通，有三支跌到地上去了，他只好從天上到地下來拾箭。

「第一支箭落在我的家門前，一支掉在水泉旁邊，最後一支落我的姊妹身邊，幸好沒有傷及她。我拾起了這三支箭，藏起了，直到射手到來找箭。

「我們初次見到對方，大家都有怦然心跳的感覺，覺得對方就是我們一輩子要找的那一個。

「我們就在泉水邊漫步，傾談了一整天，在分別時，一個忘記了到來的目的是要找箭，另一個就忘記了要還箭。

「射手由那天開始，隔天便到來找我。由於常常在天上不見了影，他的兄弟開始懷疑。一次，他們跟蹤他到我們相約的地方，知道了我們的事情，回去後便稟告電神和風神。

「射手知道後，第一時間趕來通知我要小心。他返回天上沒多久，便突然狂風大作，雷電交加，行雷閃電達百多次，連續三日。我們都怕得躲在家裏，不敢出來。

「翌日，是射手跟我約會的日子，但他並沒有出現，來的竟然是他的媽媽——風神。

「她的態度非常友好親切，說丈夫知道我和射手的事後大發雷霆，嚇到大家了。她勸告了丈夫，希望他給孩子自由戀愛。她說，想送一份禮物給我作為補償，我以為她想和我建立關係，便欣然同意。怎知道她根本是欺騙我的，她把我帶到僻靜的地方，然後施法術把我困住！

「若果我沒有相信她，或許我現在仍然和射手在一起。我想請求你們幫我一個大忙，就是——可否替我尋回射手呢？」

十二 給她虛假的希望

尋回射手？談何容易呢？

我們各人都靜下來。

「好！我們就替你尋回射手吧！」浚堤忽然打破沉默。

「感謝你們啊！」幸福花雙手放在心房，回道。

「不好意思，幸福花！讓我先和浚堤談一談。」我朝她笑笑，馬上把浚堤拉到洗手間，關上門，壓低聲線道。

「請問你在尋找射手方面，有何高見呢？」我問他。

「沒有喎！」浚堤非常爽快地回道：「你呢？你又有何提議呀？」

「你要知道，幸福花並不是人類，並不是生活在我們的時空，她連出生年月日也沒有！就算我們有時空穿梭機，也回不到她之前的時空。況且，我們根本是現在這個時空的過客而已，沒有時間去替她尋人。為何你馬上便答應她，給她虛假的希望呢？」我質問他道。

「她太可憐了！聽完她的遭遇，我更同情她。現在她孤零零一人，沒有家人和朋友，我們不應該幫助她嗎？我以為銘銘你比我更加有同情心呢！」淩堤嘟噥道。

「我當然也同情她的遭遇，但是，幫人一定要量力而為囉！」

安琪推門而進，垂着頭道：「我聽到你們的話了！其實都是我不好，潛水拾偵測器時，順手拾起了項鏈，結果帶來了這一場風波。真的對不起！」

「安琪，你不用致歉，你不會料到有這些事情發生！」

「喂！我已經看完操作指南了！」陳子榮高聲道：「我的杯麪弄好了吧？」

「噢！陳子榮出來了！銘銘，就由你用一分鐘時間儘快向他解釋，幸福花為何會來了他的家吧！」浚堤笑道。

*　　　　*　　　　*

「我未見過一個真的仙子啊！你真的可以由我們這麼大縮小至一毫米的小人？」陳子榮一臉疑惑地問幸福花道。

「是的！我真的可以。」

「沒可能啊！除非你在我面前做一次！」陳子榮帶點輕佻地道。

「好吧！」幸福花向安琪道：「安琪，你把你的鏈墜打開吧！」

安琪馬上放下筷子，把心形鏈墜打開。

幸福花只消一秒便把自己縮小，並進入鏈墜裏。

陳子榮馬上把安琪的鏈墜關上。「她已返回鏈墜裏去了，我們可以不必理會她的事情了。」

十三　本着良心去下這個決定

「陳子榮，你太過分了！怎麼可以這樣對待一個弱質女孩？」浚堤的憤怒像波浪般湧上來，他激動得捉着陳子榮的衣領，質問道。

「喂！我以為你們想我幫忙解決問題囉！你們不是急着要回去你們的時空嗎？哪有時間去幫忙這個幫忙那個呢？況且她根本不是一個人！」陳子榮直截了當地道。

「但她真的很可憐，沒有家人，沒有朋友，而且她因為被奸神所害而被困多時，我們把她釋放出來，還她自由，然後又把她再困住，那麼我們和傷害她的人有什麼分別呢？我不理她是人抑或是仙子，總之，她就在最無助的時候，認識了我們。我媽媽說過，人與人的相識是一種難得的緣分，所以，朋友應該互相幫助！就算真的最終幫不上忙，至少也應讓她知道我們有心去幫！」浚堤道理鏗鏘地道。

「我和你們相識不久，但你們都已經當我是朋友，為何你們不也當幸福花是朋友呢？」安琪也幫忙游說。

「銘銘，你貴為華安科技創意有限公司的主席，你下個決定吧！」朱仁道。

「但希望你是本着良心去下這個決定！」浚堤提醒我道。

因為穿越時空而有一段時間沒有上學，我幾乎忘記了自己曾經創立這間公司，而且還是公司的主席。

我仔細思考了好一會兒，才下這個結論：

「我們根本毫無頭緒該怎樣去幫她尋回射手，不過，本着助人為快樂之本，我會盡力而為——」

「那你們不用回去你們的時空嗎？」陳子榮打斷我的話，道。

「當然要！所以我們要訂一個期限，二十四小時？十八小時？十二小時？無論找到找不到，我們都要回去。」我道。

十四　尋人十二小時

「幸福花，你可以出來了！」

安琪把鏈墜打開，幸福花馬上鑽了出來，雙眼哭得通紅。

「對不起！令你受驚了！」浚堤向她致歉道。

「不！我知道，是我太麻煩你們了！你就讓我離開吧！」幸福花站起來，想向門口走去。

「你不用這麼急要走，我們已商量好了。我們會用十二小時盡量幫你尋找射手，但如果未能找到，我們也無能為力。因為我們也要趕着去另外一些地方，不能在此久留。」我坦白跟她道。

「我明白的！你們肯幫忙我，我已經感激不盡。」幸福花頓了一頓，又問道。

「你先才說會用十二小時盡量幫忙我尋找射手，究竟十二小時有多久？」

「十二小時即是半天。」朱仁回道。「現在差不多下午三時，到今晚凌晨三時，就是十二小時了。」

「她根本不知道什麼是時鐘，你跟她說幾點幾點，她根本不會明白。」浚堤道。

幸福花眼看地下，然後抬起頭，道：「好吧！謝謝你們肯花費半天時間給我。我已經很感激！」

「好！事不宜遲了，我們就好好利用這半天。」我即問道：「幸福花，請你告訴我，被風神困住之前，你記得些什麼？」

「我嘗試記一記吧！」幸福花閉上眼睛回憶起來。「那是天快亮的時候，風神說要帶我到海邊一起看日出。我們便到了一個沙灘。」

「什麼沙灘？大浪灣？淺水灣？黃金海岸？」浚堤急問。

「幸福花又不是人類，她怎會知道我們海灘的名稱呢？」朱仁沒好氣地道。

「那個海灘有什麼特徵的？」我改問道。

「唔……那兒有很多奇形怪狀的石頭！」

幸福花又道。

「可以形容來聽聽嗎？」

「有的石頭呈拱形的，像一條橋；亦有些尖尖的，像魚尾巴；也有些……」幸福花回道。

「像魚尾巴？應該是海心公園近海邊的那幾塊石！那裏有一塊像人一樣高的石像極一尾魚跳進河裏時向天豎起的尾巴！」陳子榮替她接下去道。

「是！你說對了！」幸福花雀躍地道。

陳子榮拿起掛在牆上一張他小時候的照片，問：「你說的就是這個地方？」

「我只認得這幾塊石頭，」幸福花指指相片道，「其餘的，木椅和這座什麼，我都沒見過。我記得我們就在魚尾石後，風神說要送我一份禮物，叫我閉上眼睛。我剛閉上，然後就好像迷迷糊糊睡去了，醒來就發現被困着。」

「我今早就是潛入這公園的湖水裏，在湖底找到困着你的鏈墜。」

「困着我，然後把鏈墜拋到湖底，她以為這樣就一了百了。」幸福花幽幽地道。「可憐射手不見了我，一定是瘋狂地四處去找我。」

「我相信他想也想不到，你會被困在湖底！」浚堤歎氣道。

「不如……不如你們把我帶回海心公園的湖畔，讓我看看那個環境，可以嗎？」

十五　星座紀念品店

一行六人在路邊等交通燈時……

「銘銘，你究竟有沒有尋找射手的計劃呢？」安琪湊近我耳邊，問道。

「沒有，我是完全沒有計劃呢！只是見步行步而已。」我悄悄地道。「如果幸福花和射手真的有緣分，在任何時空也可以有機會遇到。」

「其實，去海心公園看看環境未必會尋到些什麼，我覺得是浪費時間，但又不知該到哪裏去尋。」朱仁無奈地道。

「咦？你們看那邊！」幸福花驚道，然後不顧路況邁開大步跑過對面馬路。

「幸福花！」安琪尖叫起來。

幸好車子及時煞掣，司機惱得開窗大罵她。

「你剛才非常危險呀！車子會把你撞死的！」浚堤也忍不住責怪她。

「看呀！那是射手的畫像！」幸福花指着一間小店，店舖櫥窗掛着一幅射手座的畫像。

「只是畫了射手的三分之一個側面，你憑這也認得是他？」我反問。

「這間店是賣星座紀念品的。」朱仁說道。

「那即是，射手終於成為了十二星座之一了！」幸福花雙手放在胸前，帶點感動地道。

「其實，我們沒有人見過十二星座的射手本人，所以，繪畫的人都是憑空想像的。」我試着向她解釋。

「是嗎？」幸福花惘然若失地道。「我還以為繪畫他的人真的見過他……但是，那畫家畫得真的相似，連射手所用的弓箭顏色和形狀都極為相似……可以進去看一看嗎？」

「店員外出用膳了，要稍後才回來。」朱仁指着掛在門外的牌，說道。

幸福花以指頭摸摸門外的木牌，輕輕問道：「這就是你們的文字嗎？真特別哦！」

「我們走吧，不要在這兒浪費時間了！」陳子檠道。

*　　*　　*

「幸福花，這兒就是海心公園！」浚堤向她介紹道。

幸福花馬上飛奔上前，她一口氣跑到魚尾石旁，撫摸那塊魚尾石。

「是的！就是這塊魚尾石，它仍然在我的回憶裏！」她微笑道。

「幸福花，你想知道我是在什麼地方找到困着你的鏈墜嗎？」安琪問。

「是在什麼地方？」

「請跟我來吧！」安琪拉着她的手，把她帶到涼亭。「我就是由這兒跳下去，在湖底這個位置找到你的鏈墜。」

幸福花遙望着這個平靜的湖面，心裏卻極之不平靜。

「如果我當天沒有跟風神來這裏，或許我仍和射手快樂地在一起。」幸福花快快地道。

大家都靜默了片刻，突然，一把女孩子的聲音從後面出現。

「幸福花，是你嗎？」

十六　彩虹仙子

大家不約而同地找尋聲音的源頭。

「彩虹仙子？是你？真的是你？」

幸福花激動的擁着一個頭髮像彩虹顏色的女孩。

原來幸福花在這個時空也有朋友！

兩人相擁哭了一會兒，才抹乾眼淚開始交談。

「幸福花，我還以為這輩子也不會再見到你！」

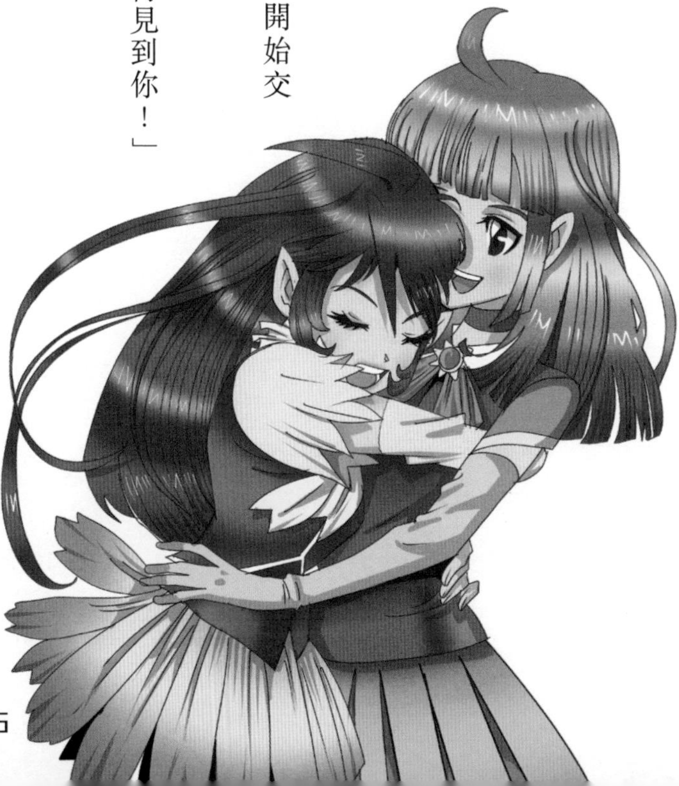

頭髮像彩虹顏色的女孩説道。

「我也這樣想！我以為自己會孤零零地生活下去。」幸福花笑中帶淚説道。

「幸福花，是時候你要向我們介紹你的朋友了。」我説道。

「這位是我的好朋友彩虹仙子，你看她的七色頭髮，便很容易會記得她的名字。」

看她的七彩頭髮，還以為她是非常前衛的女孩子。

「你的頭髮真的有七種顏色，抑或是你漂染的？」朱仁好奇問道。

「我的頭髮天生是有七種顏色。」彩虹仙子道。

「好！讓我先問問她最重要的問題吧，就是大家都想知道的——射手的去向！」我道。

「射手？唉！在我說之前，我很想知道，這些年，幸福花你究竟往哪裏去了？」

「風神知道我和射手的事，把我困住了。我給她收入鏈墜中，拋了進這個湖水裏。」

「原來如此，怪不得我們一直沒有你的消息。」

「射手呢？他——怎樣了？」

「射手……他已經和彩霞神的女兒結婚了。」彩虹仙子說道。

「他已經結婚了?!」幸福花掩着嘴驚問。

「因為你不知去向，他找你找了很久，所以，他已經死心，只好由電神和風神安排他和彩霞神女兒結婚。」彩虹仙子安慰她道。「幸福花，你不如忘記他，自己尋找幸福吧！」

「我……我怎能夠忘記他？被困的這段漫長時間裏，我無時無刻都在想着他。無論怎樣我都想見一見他，彩虹仙子，你有沒有可能替我安排一下？」幸福花哀求她道。

「對不起！我實在無能為力，現在我已是凡人，在這兒生活了許久，沒有和任何天上的神和其他仙子聯繫了。」彩虹仙子回道。「若不是我在店鋪前聞到你的香味，一直追蹤到這兒，我也沒法見到你！」

「若沒可能見到射手，那不如把我重新困在鏈墜裏算了。」幸福花哀傷地道。

「不要說這些負氣的說話！那麼辛苦才逃出那鏈墜，當然不要再次被困着！」安琪按着她的肩膊道。

「彩虹仙子，你說剛才在你的店鋪前聞到幸福花的香味，那間十二星座的店鋪，就是你開的？」我問。

「是的！那些畫作全都是我畫的。」

「我以為你在店鋪掛着的射手畫像，就是我的射手。」

「最後入選的是射手的弟弟。」

大家沉默了一會兒，我問道：

「彩虹仙子，為何你會選擇在凡間居住？」

「我對仙子的生活有些厭倦了，所以想試試做一個凡人的滋味。」彩虹仙子回道。

「仙子之中是否就只有你在凡間居住呢？」浚堤問。

「是。」

「為何就只有你一個？」我又問。

彩虹仙子聳一聳肩，道：「每個仙子的意願都不同。」

「你怎捨得放棄當仙子的生活呢？」浚堤不可置信地問：「不用上學上班，無憂無慮的過日子，真是非一般快樂。我也想當一日仙子啊！」

十七　遠在天邊近在眼前

「你不要發白日夢了！腳踏實地做凡人啦！」朱仁笑道。

「幸福花，你知道射手的下落了，你想我們再陪伴你一會兒，抑或想我們離開呢？」安琪問她道。

「你真的沒辦法讓我見一見射手？」幸福花再次央求道。

「對不起！真沒辦法！你失蹤之後沒多久，我已經來到凡間生活。我已沒有能力和凡間以外的神或仙子再聯繫，況且，射手已經是人家的丈夫，有兒有女，生活愉快。你不如放手，忘記他吧。」彩虹仙子道。「你來我的店鋪呀！我們可以一齊生活，像以往一樣繼續做朋友。」

「謝謝你的建議，不過，我想獨處，靜一靜。我已沒有地方可以去，稍後我會去你的店舖找你的。」幸福花呆呆望着湖面，說道。

「那麼……好吧。我回去店舖等你。你一定要來！我們這麼難得相見。」彩虹仙子離開了。

我目送着彩虹仙子離開，才問幸福花道：「你和彩虹仙子的交情是否很深厚？」

「其實不，我和她只是普通的朋友。或許是太久沒有見面，而且她沒有舊朋友，所以對我特別熱情吧！」

「我有點懷疑她說的話的真確性！剛才她說你失蹤之後沒多久，她就來了凡間生活，那麼她怎會清楚射手已經結婚，而且生兒育女，幸福快樂？如果她已經離開仙界很久，在凡間又沒有其他仙子朋友，怎樣可能知道？她剛才說了仙子之中，只有她一個來了凡間。」我向彩虹仙子投了不信任票。

「但她沒有理由要瞞騙我。」幸福花為她辯護道。

「我也覺得她的話前後有矛盾，不太可信！」浚堤問幸福花道：「你還有沒有朋友是值得信賴的呢？」

幸福花想了想，猛然道：「有呀！怎麼我省不起呢？」

她馬上走到魚尾石旁邊，挨着它，跟它輕輕說話。

「原來幸福花可以和石頭傾談！」朱仁驚訝地道。

「她是花仙嘛！而且，魚尾石屹立在這兒已有許多許多年，看到人世間許多變遷，問它，或許會得到些有用的資料！」我道。

「咦？突然刮起風，下起雨來喎！」浚堤仰起頭望了一望天空。

「天氣變化那麼大，有些異常啊！剛才是大白天，我絕不會想到會突然下雨！」朱仁道。

大家馬上跑到亭裏避雨，除了幸福花。

浚堤還是跑了出去，把幸福花拉回來。

「這麼大的雨，淋濕了會生病呀！」浚堤緊張地道。

「怎樣呢？你問到些什麼？」我問道。

「魚尾石只說：射手並沒有同任何人結婚。他是遠在天邊，近在眼前。」幸福花歎道。

十八　詭異的一場雨

「我也覺得彩虹仙子的說話並不可信！」陳子榮說道。

「魚尾石說遠在天邊近在眼前，是什麼意思？」安琪不解。

「它說其實射手是在接近我們的地方。我想：他可能以另一種方式在人間出現！」我道。

「以前，我們每次相約見面，就算未見到他，我也能感受到他逐漸走近我。但，我站在這兒，卻絲毫不能察覺到他的存在……難道他……已經離開了我？」幸福花驚慌地問。

「你們仙子或神不是長生不死的嗎？」我又問。

「照道理就是，不過，像我這樣給風神困着，若不是安琪把我救出，我便一輩子要待在那鏈墜裏。要跟射手別離，和喪失生命沒有分別。」幸福花茫然地道。

大家在涼亭裏待了很久，雨越下越大，像是永遠沒有下完的一天。

「啪！」的一聲，涼亭的一支橫樑突然折斷一半！

「救命呀！大家要逃呀！」我大叫道，下意識把安琪和幸福花一左一右拉着走。男孩子保護女孩子是天職吧！

我們六人一起逃到空曠地方，涼亭才塌下。

「你們有否受傷？」兩個持着雨傘的婆婆走過來問我們。

「幸好沒有！謝謝！」我回道。

「你們快離開這兒，找地方避雨吧！」高瘦的婆婆說完沒多久，我們便發覺，

雨已經突然停了。

「這場雨真是詭異，沒有先兆，落得瀑布似的，但霎時間便停了。」肥矮的婆婆說道。

「咦？你們聽到嗎？有鳥兒哀鳴的聲音！」幸福花把食指放在嘴唇上，示意大家安靜。

她輕輕地走回涼亭的瓦礫中，細意傾聽，終於找到受困受傷的鳥兒。

「大家過來，小心搬開瓦礫！小鳥在向人求救啊！」幸福花叫道。

「危險喎！你們會給瓦礫弄傷的！」兩個婆婆都驚叫道。

在幸福花號召之下，我們搬起大大小小的瓦礫，終於在一塊大瓦礫片下找到受傷的兩隻小鳥。

「你們有沒有受傷？」終於幾名警察趕來了。

「我們沒有受傷，只是瓦礫下的這兩隻鳥兒明顯地受了傷！」幸福花把懷中的兩隻小鳥遞過去給警員，他馬上把帽子脫下，作為這兩隻鳥兒的病牀。

「放心！我們會把牠們送去愛護動物協會的了。」警員又問：「涼亭塌下時，除了你們，還有人在裏面嗎？」

「我肯定當時涼亭裏只有我們六人，幸運地，我們都逃出來了！」朱仁代大家回答。

「噓！大家聽一聽！瓦礫中好像還有一隻小鳥！」幸福花輕輕地踏上瓦礫，以她極其靈敏的聽覺，在涼亭的中央找到聲音的來源。

「在這兒呀！」

我們跟她的指示，在那地點掘挖，除了找到一隻小鳥，還在牠附近的地面找到了一樣「東西」！

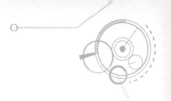

十九　不是炸彈，難道是恐龍蛋？

「那到底是什麼呢？」陳子榮指着地上，嚴格來説該是涼亭地底的一塊灰啡色的東西。

「小心！大家走開！那可能是一些戰前的炸彈！」警員大叫道。

「不！不是呢！你們可以和我一起把它掘出來嗎？」幸福花急道。

「妹妹，你不能這樣！我要先請示上級！」警員拉着幸福花，道。

*　　*　　*

兩小時後，懷疑是戰前炸彈的東西被吊起來了。

「這不是一枚炸彈！哪有一枚炸彈製造得像隻大雞蛋？」拆彈專家肯定道。

「那究竟是什麼呢？難道是恐龍蛋？」朱仁懷疑道。

這枚蛋泥黃色，大得可以裝着一個人。

「把它放下！」幸福花向警察央求道：「你們把它放下！」

「幸福花，」我輕聲問道：「你覺得射手在這蛋裏？」

「魚尾石也說他遠在天邊，近在眼前，我覺得他是被困在那裏。原來我們只是相隔那麼近，但可惜兩人都被困！」幸福花怏怏地道。

聽不見我們說話的警員，仍在繼續他們的對話。

「那不是炸彈的話，會是什麼呢？」警員問道。

他們把大蛋放在地上，拆彈專家檢查過，也仔細探查過，道：「這個並不是炸彈，我不能引爆。你看它的外面，只是厚厚的一層泥。裏面到底是什麼，不太清楚，但以我經驗，這個絕不是戰前炸彈。」

「但你可否把它拆開？」警方問。

「這肯定不是炸彈，所以不該是我們的工作。或者可能是很多年前，有人埋藏的時間錦囊。但是，這麼大的時間錦囊，我從未見過呢。對不起！你自己可以用工具，或者請消防員拆也可以。」

拆彈專家一走，公園管理員才姍姍而來。

「嘩！建在這裏幾十年的涼亭，這就沒有了！」管理員呆了一呆，指着這大泥蛋，問道：「這……這個是什麼呢？」

「你從未見過嗎？」警察問。

「我在公園工作十多年了，從未見過。是誰發現的？」

「是我！」幸福花道。「是我在涼亭下面發現這蛋的。」

「或者只是一團大垃圾！」公園管理員隨口地道。

「不！他不是一團垃圾！請你們儘快把這泥蛋打開！」幸福花雙手合十，道：「我會很感激你們！」

「他？入面有個他？你這是什麼意思？難道裏面的是……是屍體？」管理員口震震道。

「當然不是！」我用手掩着幸福花的口，道：「裏面怎會有屍體呢？」

二十　謀殺犯不是她

「為何你要把這班孩子也帶來？」警車司機一邊駕駛一邊問。

「因為紅色頭髮的奇怪女孩，竟然說大蛋裏面有個『他』！」警員輕聲回答道。「既然說得出，不理她說真還是說假，就一定要徹查！把大蛋帶返總部打開，便一清二楚，況且，那大蛋就是那女孩先發現的！」

坐在後面的我們聽到了。

「難道她懂什麼心靈感應，知道蛋裏面有什麼？」警車司機問。「那隻蛋埋在那裏沒有廿年也有至少十五年吧？那紅髮女孩看來頂多就是十三、四歲罷了！就算有屍體埋在蛋裏，相信謀殺犯都不是她！」

車子駛進一條偏僻的橫街時，突然闖出一部黑色的七人車，攔在警車面前，警員慌忙煞車。坐在司機位旁邊的警員馬上開車門，要跟黑色七人車的司機理論。

車門一開，兩個黑衣人拿着一支噴射器向車廂內突然一噴，一陣熾熱的煙霧瀰漫整個車廂，在我意識到自己快要被迷暈之前，我把衣袖用力蓋在嘴鼻上，然後伏在座位，假裝被迷暈了。

「全部被迷暈啦！快替我把蛋搬出車外吧！」是把女孩子的聲音，非常熟悉。

我單眼偷偷瞄一瞄，黑色頭套邊突出一條紫色頭髮。

原來是彩虹仙子！

她正指示兩個黑衣人，打開車尾箱，把蛋取出來，放進他們的車子裏。如今全部人都暈了，除了我之外，我只好單獨行動了！

我馬上趁他們不覺，從背囊裏取出隱形氈，披上身，在他們關上車門前才以秒速跳進去。

經歷了幾次穿越時空，我的身手已練得超級敏捷了！回去自己的時空，體育老師一定對我刮目相看！

黑色車子開行了，我跟着這三個人和他們偷走的大蛋離開大隊。我會到哪兒去？不知道，但希望我的決定是正確的！車上三人終於除了面罩，除了彩虹仙子外，另外兩個都是年輕的男生。

二十一　車廂鬧鬼事件

黑色車子轉了兩個彎，車尾突然「劈啪」一聲！

「什麼聲音呀？你們沒有放好那隻蛋？」坐在前座的彩虹仙子問道。

「你剛才看着我們放好的，用毛巾墊住，肯定不會倒下。」其中一個黑衣人道。

「還在辯駁？不快去看看是否未墊好？」彩虹仙子跳起來，重重的在那人頭上敲了一下。

「知道啦，知道啦！」坐後面的男生馬上去查看。

「沒事啊！大蛋並沒有倒下。」

話剛說完，在駕駛的男生忽然叫了一聲。

「好痛呀！後面有人打我！」他怪叫起來。

「你後面哪有人呢？」彩虹仙子皺着眉頭問。

「哎喲！真的有人打我！很痛呀！」

「夠了！你真的夠了，無聊！」彩虹仙子光火了，話剛說完，她便被神秘人大力打了一下肩膀。

「你打我？」

「我根本一直在車尾，怎打你呢？」黑衣男回道，「又是你叫我去看着那隻大蛋，我離你起碼五尺，沒可能打到你呢！」

車終於在交通燈前停下。

「救命呀！誰把水潑在我身上？」彩虹仙子尖叫起來。「你們兩個究竟有什麼問題？」

「不是我們，我們沒有問題，是你找這部車……好像鬧鬼呀！或者……是你那隻大蛋裏面有鬼？」

「呀！有鬼打我呀，哎喲！你看！我的手背都紅腫了，不是幻覺，是真的！我……我不想再賺你的錢了，我走喇！」

黑衣男和司機都趁機逃離車廂。

「喂呀——哼！兩個都是沒膽鬼！算啦！就由我試試駕車吧！」彩虹仙子自言自語道。

「你駕車？你有沒有駕駛執照呀？我怕你沒有喎，你這樣是禍害別人生命嗚！」我惱道。

「是你？我認得你的聲音了！」彩虹仙子周圍探測我的所在。「你是幸福花的朋友！」

「而你就只是扮做幸福花的朋友！」我惱道。「誰派你來擄去大蛋的？」

「這與你沒有關係！」

「是電神和風神？」我問。

「你只是凡人，你沒有資格認識電神和風神！」

那即是我猜對了。

「大蛋裏藏着的就是射手吧？」我大着膽子問她。

「這也與你無關，我懶得跟你談了。」彩虹仙子「撻」着車，作勢要駛車離開了。

我索性把車匙拔掉，把它塞進我外套袋裏。

「豈有此理！你快給我現身呀！」彩虹仙子怒得尖叫起來。「若不，我叫電神和風神出現，收拾你，到時你便後悔莫及了！」

是電神和風神把自己的兒子困在大蛋吧！

就是因為兒子想和自己愛的人一起，逆了他們的意思，就把兒子的自由也剝削？

彩虹仙子乘我不覺，兩手在我面前亂拉亂抓，竟然把我隱形氈扯下！

「原來真的是你！快還我車匙！」

這個彩虹仙子和我一樣高，力氣卻比我大，一手把隱形氈飛出車窗，飛快的在我外衣袋找回了車匙。

我總不能失去隱形氈，借了人家的東西一定要還給他，何況我是不問自取！

我馬上跑出車外去拾，幾秒間，彩虹仙子開了車子的引擎，在她正要鎖好車門之前，我已經再次上車了。

「你真是斗膽！好，上來吧！」

二十二　值得犧牲我自己的性命嗎？

彩虹仙子肯定沒有駕駛執照，她先把車子衝前然後又急退後，接着左轉直撞到欄杆前，把欄杆也撞凹了。

「喂！你這樣，我們都會撞死㗎！」我想提醒她。

「哈哈！你錯了！我有的是不死之身！」她哈哈大笑，樣子像個女魔頭。

「你們有沒有事呀？」有名男途人衝上前來問道。

「走開！否則我連你也撞倒！」彩虹仙子瘋了似的叫喊道。

車子的引擎還開着，我撲過去跟她搶奪車匙，在混亂中她拍中了一些按鈕，後面的車尾箱突然打開了，放在車尾的大蛋一骨碌地跌到地上去！這是一條微斜的路，大蛋一直向下滾，滾至街尾，撞向一架行駛中的車子！

大蛋竟然碎裂了！

車子呢？撞向一個垃圾桶，把垃圾桶徹底夾扁，車子才停了下來。沒有扣上安全帶的我，奮力揸緊座位扶手，幸運地沒有受傷。在彩虹仙子開車亂撞的兩次，我算是兩次和死門關擦身而過。

彩虹仙子看見大蛋碎裂，整個人嚇呆了。

「我們過去看看大蛋吧！」我拉着她走過去。

碎裂的大蛋殼，就在與它相撞的銀色車後面。

意想不到的是，大泥蛋裏面竟然美麗得像大理石。但大蛋裏空空如也，裏面不是困着射手嗎？難道他早已經逃走了？

「這隻大怪蛋是你們的嗎？」銀色車男司機問道。

「是的！」我回答道，心裏卻怕：這名司機會否要我們賠償損失呢？

「真的對不起！我看見這大蛋滾過來時，想閃避也來不及，結果我的車和它撞個正着！萬分抱歉！」

原來對方是很有誠意向我們賠罪的！

「不要緊！請問剛才你可有見到有人從這隻蛋爬出來呢？」我問。

「怎麼?!這蛋裏住了人？」他吃驚地問。

「這是話劇用的道具而已。」我騙他道。「剛才，這蛋爆開時，你看見些什麼？」

「我只見到白煙，不是灰塵的白煙，而是藍灰色的煙！是道具效果嗎？」他又問。

有另外一個女司機路過，停下車來問道。

「撞車了嗎？請問要不要報警？」她好心問道。

「不用了！」男司機急道。「他們沒有要求我賠償什麼，所以應該不用報警。」

「但真的發生意外嗎，你的車尾燈裂了！」女司機提醒他道。

車尾燈？剛才不是他的車頭撞到大蛋嗎？我馬上就到見他的車尾燈的確被撞毀了一半，車尾箱也刮花了。

而且，車尾還有些聲響……

「你把蛋裏的人藏在車尾箱裏？」我急問，未等他答覆，便想打開車尾箱。當然車尾箱是鎖住的，打不開。

銀色車男司機慌忙跑到司機位，想逃之夭夭。

「不要走！先放了射手！」我叫道。

我拉住車門的手，突然被一陣超強大的風吹開，風大得把我整個捲起並擲到地上。

是風神？

面前什麼也看不見，只見樹搖葉落，怪風沙沙發聲，像是鬼魅。

是風神要制止我吧？如果由電神出手，他會否一出手就把我電死？為着救射手，值得犧牲我自己的性命嗎？況且，這個並非我的時空！

OMG，電神這時也出現了！

二十三　與天上的神鬥法

在我頭頂的一片天，突然由晴朗轉灰黑，還迅速凝聚了一大團烏雲。天開始變臉了，烏雲堆中閃出一條電光，向着我劈過來！

我跳到一旁，竟避過了。另一條閃光又向我瞄準，「啪」的射下來！我又滾到另一邊，又僥倖避開了。

第一次僥倖，第二次好彩，第三次又如何呢？和天上的神鬥，我可以鬥贏祂們嗎？

「我只是一個凡間的小孩子！聽了幸福花和射手的故事，覺得他們該有權利爭取自己的幸福！這是任何人的權利，無論是天神還是凡人！」我向天喊叫道。

「他們根本沒有犯錯，沒有理由要被懲罰，被關起來！況且他們已被關起了很久很久，現在重獲自由，就讓他們兩人在一起吧！」

「你等凡人竟敢向神作出指令？太過分了！」電神終於現身了，巨大的金黃色的頭顱從大團烏雲中伸出來，張大口想要把我吞噬。

我拔腿就逃，雖然心想可能只有死路一條。

「貴為電神為何要和小孩起爭執？」另一把聲音在我身後道。

我轉過頭去，竟看見另一個神在我跟前！她一頭長銀髮以水珠串成無數串，加上一身白色水珠的衣裳，她就像一個行catwalk的模特兒。

「雨神？我的事與你完全無關，你實在太好管閑事了！」電神憤憤地道。「我知今天是你故意下大雨，令涼亭倒塌，是不是？」

「你把他們困住這麼多年，你的怒氣仍未熄滅？那是你自己的親生兒子和他的小情人啊！你是他親生父親，但也沒有權利囚禁他們！你認為幸福花和射手不匹配，是你個人意見，年輕人應該讓他們自由相愛才是。是神抑或仙子，有什麼關係呢？我們神和人都一樣，不應該裝載太多偏見和怒氣。我和你年紀相若，但我看起來比你年輕得多呢！因為我常清掉不快的記憶，只會記着幸福、值得感恩的事情。」雨神淡笑着道。「你太太風神呢？」

「咦？她往哪兒去了？」電神四處找。

「其實，我早説服她了。她決定讓射手和幸福花在一起！」雨神哈哈大笑。

「什麼？你真可惡？」

電神找到用來困住射手的銀色車，衝過去，打開車尾箱，裏面不見射手。

只見那個司機惶恐的道：「對不起！雷神，我令你失望了！他們已把射手救去！」

電神激動的向天大叫一聲，他背脊的一條金黃色火焰一次又一次發出電光，無目的地打向附近地面，誓要發洩他的怒火。我又要急急逃生，但已喪失方向感了。

前面更是一塊空地，我可以去哪兒呢？

* * *

「細路，上車啦！」一名貨車司機把車子停在我面前，開門跟我道：「好端端忽然瘋狂閃電，你一個人在空曠地方好危險，你要往哪兒去？我送你一程吧！」

真幸運！在危急關頭都可以遇到心地善良的貴人。

就在電神向我再一次發放閃電時，我毫不考慮地跳上他的貨車。

逃命要緊。

但往哪兒去？我自己都說不出。

「你住在什麼地方？我可以送你回家。」貨車司機道。

「我……」我可以說些什麼呢？我的家並不在這時空啊。

「咦？剛才那些瘋狂閃電似乎平息了。」司機道。

我往車窗外一看，的確是呢。外面風平浪靜，電神已經不知去向，雨神也不見了。

電神是躲在什麼地方冷靜吧？

那就好了，我至少不用受電神的電轟。

「細路，你一個人走在路上，你爸媽知道嗎？他們的手機號碼多少？你要致電回家通知他們嗎？」貨車司機一疊聲問道。

我知道他的好意，但我可以怎樣回答？

在對面線，我看見一部警車正駛過來，就在它和我們擦身而過時，我竟看見安琪、浚堤和朱仁！

《穿越時空》故事續寫比賽

角色命運，由你創造！

射手到底被誰救走了？
銘銘他們如何幫助幸福花和射手重聚呢？
幸福花和射手兩位有情人能否終成眷屬呢？
看完本書，相信你也十分關注幸福花和射手的命運，
他們接下來又會遇到什麼事呢？
請你為幸福花和射手續寫他們的故事。

活動詳情：

請為《穿越時空2：蔚藍色的心形鏈墜》續寫故事，字數在二千字以內。這次徵文比賽將由《穿越時空系列》作者君比擔任評判，親自選出優秀的作品。冠軍作品會於新雅網頁和山邊出版 Facebook 專頁發表。

參加方法：

1. 在作品背面寫上參加者姓名、電話、地址及電郵，郵寄至香港英皇道499號北角工業大廈18樓 山邊出版社有限公司市場部，信封面請注明「穿越時空故事續寫比賽」。
2. 如屬電腦稿件，請將稿件以附件形式，連同參加者的姓名、電話和地址電郵至marketing@sunya.com.hk，電郵標題請注明「穿越時空故事續寫比賽」。

截止日期：

2018年9月30日

獎項：

所有參加者皆可獲發參與證書及限量君比閱讀廊文件夾乙個（款式隨機發送）。

得獎者將獲得獎狀、限量君比閱讀廊文件夾兩個，以及山邊 / 新雅書券：

冠軍（一名）：HK$500

亞軍（一名）：HK$300

季軍（一名）：HK$200

獎項公布日期：

得獎結果會在2018年10月內於新雅網頁和山邊出版Facebook專頁上公布，得獎者將在10月內獲專人聯絡。

查詢電話：21387956 / 21387921

f Like 山邊出版

www.sunya.com.hk

新雅網頁

備註：

每名參加者只可提交一份作品，否則將被取消資格。所有作品將不獲發還，敬請見諒。山邊出版社有限公司擁有參加此次比賽作品之版權，用作編印及發表。如有任何爭議，山邊出版社有限公司將擁有最終決定權。

君比・閱讀廊
穿越時空②

蔚藍色的心形鏈墜

作者：君比
繪圖：陳焯嘉
責任編輯：周詩韵
美術設計：李成宇
出版：山邊出版社有限公司
香港英皇道499號北角工業大廈18樓
電話：（852）2138 7998
傳真：（852）2597 4003
網址：http://www.sunya.com.hk
電郵：marketing@sunya.com.hk
發行：香港聯合書刊物流有限公司
香港新界大埔汀麗路36號中華商務印刷大廈3字樓
電話：（852）2150 2100　傳真：（852）2407 3062
電郵：info@suplogistics.com.hk
印刷：中華商務彩色印刷有限公司
香港新界大埔汀麗路36號

二〇一八年七月初版

ISBN: 978-962-923-466-9

18/F, North Point Industrial Building, 499 King's Road, Hong Kong
Published and printed in Hong Kong